EL LLIBRE
de les
ENDEVINALLES

EL LLIBRE de les ENDEVINALLES

Selecció de
CARME ALCOVERRO

Il·lustracions de
CARMEN QUERALT

Editorial
Barcanova

Coordinació editorial: Agnès Bergua
Disseny de la coberta i interior: Laia Salcedo

Pl. Lesseps, 33 entresòl. 08023 Barcelona
Telèfon 93 217 20 54. Fax. 93 237 34 69
e-mail: barcanova@barcanova.es
www.barcanova.es
Primera edició: març del 2002
Dipòsit legal: B-13.618-2002
ISBN: 84-489-1177-6
Printed in Spain
Imprès a Egedsa
Roís de Corella, 12-16
08205 Sabadell

PRÒLEG

Rumieu, rumieu... per veure si resoleu les endevinalles d'aquest llibre.

Les endevinalles provenen d'èpoques llunyanes i formen part de la nostra literatura popular. Les han inventat gent anònima a partir de tot el que ens envolta. N'hi ha d'animals i de plantes, d'objectes quotidians, de coses relacionades amb el menjar i el beure, n'hi ha sobre l'Univers i els fenòmens atmosfèrics. També n'hi ha que expressen emocions i que anomenen vincles socials i familiars. N'hi ha de molt poètiques i de gracioses, i d'altres d'escatològiques (busqueu en el diccionari què vol dir aquesta paraula). En tenim de coses molt nostres, com ara el porró, les espardenyes, els bolets, la crema o l'arròs. Ben segur que en trobarem de molt semblants en llengües properes, i és curiós perquè cada poble té unes tradicions i uns costums propis, una manera d'explicar-se el món: de comprar i de vendre, de legislar, de buscar els orígens mitjançant mites... i també de distreure's: de cantar i dansar, d'inventar-se històries, de riure's de tot i d'ensinistrar la intel·ligència i la fantasia mitjançant jocs d'enginy amb la resolució d'enigmes i d'endevinalles.

En aquest llibre (que és una ampliació i actualització de *Coll de carabassa, boca de serpent...* de la mateixa autora) trobareu més de quatre-centes endevinalles, que provenen de tots els països de parla catalana. Estan agrupades en sis blocs; cada un d'ells va precedit d'una gran il·lustració que representa una escena de la vida quotidiana d'una família, i inclou també una làmina plena de dibuixos. Al marge d'aquestes dotze grans il·lustracions, el llibre està profusament il·lustrat. Si mireu atentament les escenes i les làmines, trobareu les solucions de les endevinalles. Abans, però, hauríeu de provar d'endevinar-les per descobrir l'enigma, el secret que hi ha amagat al darrere de l'enunciat. Penseu que la majoria d'endevinalles estan fetes de metàfores, completades amb detalls descriptius. Vegem, per exemple, l'endevinalla següent:

> Per les estances del cel
> es passeja una donzella,
> vestida de robes blanques
> i brillant com una estrella.

La solució és la Lluna. Com que la Lluna es desplaça, té moviment i canvia de forma, té vida: es passeja i es vesteix. Com que la Lluna és al cel, hi habita, s'hi està, i per això s'utilitza la paraula *estances*, és a dir, cambres. Com que és un nom femení i és blanca, es diu que és una donzella vestida de blanc com les princeses medievals. Ja tenim la metàfora que ha convertit la Lluna en una persona, fet ben corrent en bona part de les endevinalles, siguin d'animals, siguin de plantes o siguin d'objectes quotidians. El darrer verset «i brillant com una estrella» ens acaba de donar pistes per resoldre l'endevinalla.

No sempre, però, caldrà que feu aquest procés. De fet, si les llegiu i rellegiu, les endevinareu gairebé intuïtivament. També us les podeu aprendre de memòria i inventar-ne d'altres; no és gens difícil! Feu-ho amb els germans, amb els amics, amb els pares i amb els mestres; afegiu-hi un començament, per exemple: «endevina endevinalla», «rumieu, rumieu i endevineu»... i a veure qui és el savi que les endevina.

Ep, em descuidava una cosa! Si voleu, podeu posar noms als personatges de les escenes dibuixades i explicar amb paraules la petita història familiar que representen.

1
Què és el primer que fa tothom quan es desperta?

2.

Una cosa blanca, blanca,
que tota la gent escampa;
una cosa negra, negra,
que tot ho arreplega.

3.

Dues noies tafaneres,
bellugadisses, inquietes,
que quan ve la nit s'amaguen
darrere les cortinetes.

4.

Cada dia aixec es vol
i no tenc ales ni plomes,
faç ses voltes més rodones
que sa flor des gira-sol.

5.

Sóc un ocell amigable,
un ocell sempre content;
fins i tot quan era lliure,
anava prop de la gent.

Josep Carner

6.

Molt semblant a una cassola;
té ales, però no vola.

7.

Quan vas a casa miren a fora
i quan vas a fora miren a casa.

8.

No sóc bèstia ni persona,
però tinc peus i tinc cap.
Sovint el metge em ve a veure,
però mai no estic malalt.

9.

A Roma hi ha un palau encantat
on al mig hi ha una font,
damunt de la font, dos miralls,
damunt dels miralls, una plaça,
damunt de la plaça, un bosc de pins.

10.

Sóc mata i no sóc planta,
tinc as i no sóc carta,
i el pobre que no em té,
ja us dic que no descansa.

11.

Som deu germanetes,
que ens fa vermelletes
el que és distingit,
i ens deixa llarguetes
i de dol plenetes
el que no és polit.

12.

Tu en portes, te'ls toques,
te'ls saps arranjar,
però encara que vulguis
no els podràs comptar.

13.

Sempre amb un cobertor,
faça fred o calor.

14.

Cap pinta no m'ha tocat,
però cada dia em pentino,
i això que no sóc cap gat.

15.

Dinc guilindinc,
dins dels ulls la tinc,
com més me la miro
més pareix que en tinc.

16.

Sóc blanca i sóc neta,
faig feina ben bona,
homes acarono
i acarono dones.

17.

Ho fa el rei,
ho fa el papa
i de fer-ho
ningú se n'escapa.

18.

De tot Barcelona
sóc el més elevat;
jo no bec ni menjo
ni mai enlloc vaig.
Al mateix lloc sempre
a mi em trobareu;
jo no hi veig, encara
que tothom em veu.

19.

Som dos germanets,
sempre junts anem
i, encara que nois,
amb nines juguem.

20.

Comença rient,
fineix plorant.
i venç el nano
i el gegant.

23.

Tu, que pretens entenent,
me sabràs endevinar
què és que més via fa
que es llamp, sa vista i es vent.

21.

Quina és la sola planta
que no dóna ni flor,
ni fulla, ni grana?

24.

Tinc una flor
que tot l'any fa olor.

22.

Un camp ben llaurat
que punta de rella
no hi ha tocat.

25.

Deu arbres arrenglerats
i de roques coronats.

26.

Clic, i és clar;
clic, i és fosc.
Si no ho endevines,
ets un gran talòs.

29.

Què és això?
Una cosa que s'aplega més
amb el nas
que amb lo cabàs.

27.

Per més que l'enviïs lluny
sempre la tens en els ulls.

30.

Encara que no sóc trompeta,
jo sono igual que si ho fos
i no sóc cap escopeta,
encara que tinc dos canons;
si encara no m'endevines,
et diré que al capdavall
molts cops, sense ser cap ase,
fins em pugen a cavall.

28.

No sóc cargol ni bolet
i l'aigua em fa sortir;
quan plou tot m'estarrufo,
i quan fa sol estic pansit.

31.

Té llom i no té espina,
sap molt i no parla,
té fulles i no és planta.

32.

Una senyora
molt ensenyorada,
tot el dia va amb cotxe
i sempre està mullada.

33.

Em diuen que sóc bo i sa
i ningú no em vol menjar.

34.

L'un creu ésser superior,
l'altre inferior es creu,
sens dir-se mai res s'estimen
i es besen cada moment.

35.

Quan entro a ca meua
li plant es capell,
quan surto defora
se queda sense ell.

36.

Una senyora se'n va al mercat:
–Posi-me'n un, posi-me'n dos,
posi-me'n tres, posi-me'n quatre,
posi-me'n cinc; no me'n posi més
que prou en tinc.

37.

Surt cantant, fa tururut,
i de tots és mal rebut.

38.

Una cosa que té coll
i no té cap,
té braços
i no té mans.

39.

Una barraqueta
plena de soquetes
que no són ni verdes ni seques
ni bones per cremar.

40.

De dia trota que trota
i de nit obri la bocota.

41.

Cul per cul,
esquena per esquena.

42.

Tant de dia com de nit
sempre em trobaràs al llit.
Ja cal que em tractis ben bé
que haig de ser el teu conseller.

43.

Un galant enamorat
que sempre diu la veritat,
i això que mai no ha parlat.

44.

Dins una capsa, ben tancat,
faig ballar la humanitat.

45.

Quin és aquell lloc sagrat
en el qual hi ha molta gent,
que hi fa força el més covard
i s'hi caga el més valent?

46.

Té cames i no camina,
que per tal de caminar
necessita tan sols cames.
Ves si ho pots endevinar.

47.

Al costat
tinc un forat;
cinc que es mouen
s'hi han ficat.

48.

Un jardí ple de flors blanques
amb un jardiner encarnat;
mai no hi plou i mai no hi neva
però sempre està mullat.

49.

Té dents, però no menja mai
i deixa molta gent sense menjar.

50.

Només navego a l'estiu
i per mi tothom reviu.

51.

Sense ésser tintorer
faig blaus i això és menester.
De l'agutzil sóc company,
i del vell que té algun any.

52.

De totes les dones
sóc bon companyó,
quan surten de casa
molt útil jo els sóc.
Secrets jo els guardo,
faig de caixer bo,
el seu espill porto
guardat a un racó
i moltes vegades
bons polvos d'olor.

53.

No sé si ho endevinaràs.
Quina cosa és aquella
on tots fiquem el nas?

54.

El bon fumador no em deixa,
perquè sóc bon amic d'ell;
i em buida de mica en mica
fins que em resta sols la pell.

55.

Tinc cor i no sóc persona,
porto bata i no sóc dona,
i l'home, per ser elegant,
m'ha de portar al seu davant.

56.

Sóc serpeta,
corro lleugereta,
tancant la jaqueta,
també la bragueta.

57.

Neixen pobres, però honrats.
Són arrencats de la terra,
i un cop estan ben tallats,
es fan rics i molt preuats.

58.

Pelut de fora, pelat de dins,
a l'hivern cerca'm, mai a l'estiu.
Jo tinc dos braços, mes mans no tinc,
però de les dames sóc ver amic.

59.

Neixen al bosc,
creixen al bosc,
porten nanses
i fan cloc-cloc.

60.

Hi sóc tota i no hi sóc tota,
car només sóc la meitat.
Sóc de fil, cotó o seda.
Que no ho endevinaràs?

61.

Som dues germanes
del tot ben iguals,
que ens venen al poble
per molt poquets rals.
La gent de pessetes
no hi vol saber res,
perquè preferides
som més dels obrers.
El qui ens porta ens lliga
sense compassió
i anar per terra
és nostra missió.

62.

Quan la fico i quan la trec
ella em fa la zigo-zigo,
quan la fico i quan la trec
ella em fa la zigo-zec.

63.

Dues vidrieres bessones,
que guarden l'aparador.
De fora res es veu dintre,
de dintre a fora, es veu tot.

64.

Som dues germanes
igual de bufones;
anem sempre juntes
cap allà on ens porten;
tothom ens raspalla
i bon tracte ens donen,
i el pes portem sempre
de tots els qui ens compren.

65.

Em saps dir què és una cosa
que no és barra i que no és tina,
i en canvi un se la posa
i té barra i té tina?

66.

Te la dic, te la diré
i te la repetiré,
i tu no sabràs el que és.

67.

Dos germanets
ben igualets;
quan són vellets,
obrin los ullets.

68.

Xicoteta, xicoteta
i guarde la casa
com una lleoneta.

69.

Què és aquest
que de caminar mai no para
i sempre està quiet?

70.

Tothom diu que jo sóc vella,
i a tothom els dic que sí,
però em cerquen les donzelles
perquè les faci lluir.

71

Passo l'aigua sense barca ni pont.

Figueres

72.

Tinc cavalls però no se'm veuen,
corro molt i corro poc,
però si no em donen beguda
no arribo enlloc.

73.

A un indret de Catalunya
una cosa he reparat:
que uns arbres tots d'una mena,
donen nom a una ciutat.

75.

El meu caparràs espanta
amb més morro que no front,
i tinc una pell tan dura,
que és la més dura del món!
Nedo com una sirena,
menjo herbeta al regadiu
i sé durar sota l'aigua:
sóc un elefant de riu.

Josep Carner

74.

Amb quines quatre paraules
es poden escriure els noms
de tots els arbres de Catalunya?

76.

Faig la feina que fa una barca
però m'estic sempre quiet;
tinc les ales arquejades
i tinc ulls però no hi veig.

77.

Què és allò que corre
sense tenir cames?

78.

De llesta no ho pot ser més.
Tot ho mira, tot ho ensuma,
i es deleix pels galliners
per si pesca una gallina...
o un pollastret. Tant li és!

79.

Sóc prima i alta,
dono per menjar;
els nusos que tinc
no s'estrenyen mai;
sovint em veig
a dins la mar.

80.

Sempre a la ventura
tallo per on passo
i sense costura
cuso allò que tallo.

81.

Pel desert corre la brama
que no es pot treure el pijama.

Pere Quart

82.

De la voreta del mar
ningú em sap treure;
a l'estiu tothom em vol
venir a veure,
i a l'hivern ningú em diu re.
Endevines qui seré?

83.

De la trompa grisa
canons acerats,
de les quatre potes
pilars de palau,
militar bandera
de l'orella gran,
de la pell gruixuda
galtes d'advocat,
dels ullals de vori
torres de pedant.

Pere Quart

84.

Llarg i prim, sempre saltant
i la mar l'està esperant.

85.

Una dama enmig d'un prat
que duu un vestit de seda
[brodat.

86.

És llarga com un budell
i arriba fins a les portes del rei.

87.

Ocell com só
tan corredor,
mai no m'atrapa cap minyó.

Josep Carner

88.

Verd com el julivert,
groc com el safrà;
fa ones i no és la mar.

91.

Una pedra que camina sense ser pedra,
té quatre cames i no és ovella,
té ous i no és gallineta.

89.

Ocell polit,
crestaflorit,
en niu tan brut
que put, que put.

Miquel Desclot

92.

Alta com una casa,
rodona com un cubell;
com una mel és dolça
i amarga com un fel.

90.

Què és allò que vola i
mai no s'atura?

93.

Navego per l'oceà
com si fos un transatlàntic.
Porto al cap un sortidor
i m'empaiten amb l'arpó.

94.

Tinc el vestit verd,
la cara vermella,
i em miro el camp
amb el meu ull negre.

95.

Visc en el bosc,
grimpo pels arbres,
menjo pinyons.
Sense tenir ales
sembla que voli
com els avions.

96.

Camino sense tenir cames,
xiulo i no sóc xiulet;
aquell que no ho endevinarà
serà un ximplet.

97.

Jo o ell dit al revés,
t'acabo de dir qui és.

98.

Som de família robusta
i pel fred no ens espantem,
puix que a l'estiu ens vestim
i a l'hivern ens despullem.

99.

Jo só qui va més enlaire
que no cap núvol del cel;
só patrona dels imperis
contra el feble i l'infidel.

Josep Carner

100.

Rodó i no és cap botó;
ple de vent i no és pilota,
però si corre molt
veuràs tu com també bota.

101.

Parlo i no tinc pensament,
ploro sens tenir sentits,
menteixo sens intenció,
i sense cap solta ric.

102.

En el camp ha estat criat,
és verdós com l'esperança,
dels homes és un amic
i a les dones les espanta.

103.

El pare és gran,
la mare és xica,
els fills són negres,
els néts són blancs.

104.

Com un arbre rabent
arrelat dins el vent.

Pere Quart

105.

L'arbre de Catalunya
té gra i no fruita.

108.

Escupo, bramo, marejo,
sóc tomba, abisme i mirall.
Bullo, assoto, creixo, minvo,
tinc bon geni i el tinc mal.
Soc amic que guio i perdo,
sóc mont altíssim, sóc pla.
Amb mi, doncs, no hi vulguis bromes
que et podria costar car.

106.

En lloc d'anar endavant
sempre camina endarrere.
No badis un sol instant,
per pessigar té fal·lera.

107.

Sóc l'enemic del pastor
i li robo el bo i millor.

109.

Te la dic molt aviat,
a veure si l'endevines:
què és que va encaputxat
i amb més de cent peus
camina?

110.

Tens el cap petit
perquè la distància
te l'ha empetitit.

Pere Quart

111.

Què fa l'arbre a la muntanya?

112.

Un cavall que no té potes
però té cua de fum.
Si li fessis babarotes
respondria que rum-rum.

Miquel Desclot

113.

Ones fa,
mar no és,
té espines
i no és peix.

114.

Fosc coixí
per a agulles
de cosir.

Miquel Desclot

115.

Tant si vaig a casa el pobre
com si vaig a casa el ric,
com si sóc novet de trinca
o si arrugadet estic,
se m'obren totes les portes
i a tothom faig molt feliç.

116.

Sóc un rei que només sua
d'aquella amagada por
de trepitjar-se la cua.

Josep Carner

117.

Quina és la cosa invisible
que és feliç donant turment
i en les persones sensibles
busca sempre allotjament?

118.

Encara que no sóc peix,
dins de l'aigua sempre estic,
i cantant estic contenta
així que arriba la nit.

119.

Vingueren ahir,
han tornat avui
i vindran demà
movent aldarull.

120.

És petit com una nou,
no té peus i puja al mont.

121.

Va vestit com un senyor,
porta botes i no fa remor.

122.

Coll de carabassa,
boca de serpent,
qui no ho endevina
no té enteniment.

123.

Poteta amunt,
poteta avall,
cau del cel
i no es fa mal.

124.

Una capsa que camina
sense beure gasolina.

Miquel Desclot

125.

Entre herbes vaig ser criada,
i com que vull tant la llum
sempre d'ella moro cremada.

126.

Quin és l'animal que té sempre
els peus al cap?

127.

Camina sense tenir cames,
xiula sense ser xiulet.
Qui no ho endevina
ja pots dir que és un ximplet.

128.

No sóc ocell i volo amb ales,
duc capa i no sóc persona,
canto sense tenir veu,
no sóc rei i duc corona.

129.

A veure qui ho endevina:
quin animal és aquell
que cada any muda sa pell
i que sense cames camina?

130.

Una cosa que puja paret amunt
amb la caldereta al cul.

131.

Sóc negre i no sóc carbó,
passo les nits tocant l'arpa,
duc corona i no sóc rei
i el riu travesso sens barca.

132.

Cent dames per un camí,
i no fan pols ni remolí.

133.

Volant i saltant alhora,
ve el de les potes pelades,
cantant cançons de la terra,
i el reben a plantofades.

134.

Brunz quan va pel cel,
i és ella qui ens fa la mel.

135.

Tu que et fas de tan sabut
i fa temps que vas a escola,
m'has de dir quin pardal és
que té mamelles i vola.

136.

Jo a la nit me faig llum
per a buscar-me el menjar
i jo mateixa il·lumino
els que em volen agafar.

137.

M'agraden fems i cagarades
com a tu flams i ensaïmades.

Miquel Desclot

138.

Una cosa petiteta
que salta com una cabreta.
Beu del millor licor
i deixa pintada una flor.

139.

Tinc dos ulls que tot ho miren
i un morret rosegador
i ben d'amagat em fico
cercant formatge pertot.

140.

No camina mai per terra
ni tampoc vola per l'aire,
no sap nedar, mes per ço
sempre corre, puja i baixa.

141.

Retall de paraigua
batent a mig aire.

Miquel Desclot

142

Una senyora
se'n va al mercat
amb la cua verda
i faldellí morat.

143.

Començo per tenir fe,
lícita és ma voluntat,
al final posa-hi la te
i qui sóc jo tu sabràs.

144.

És verd i no és julivert,
és groc i no és safrà,
és vermell i no és grana,
és pelut i no és llana.

145.

De primer canta:
–Blat florit, blat florit.
Més tard:
–Blat segat, blat segat.
Qui és?

146.

Diuen que sóc estrangera,
però sóc ben catalana;
en finestres i balcons
a l'estiu podràs cercar-me,
que, per conveniència llur,
molta gent em té penjada.
Vaja, si no m'endevines
diré que ets molt pastanaga.

147.

Quin és l'animal que s'assembla
més a l'oca?

148.

Em fan els paletes,
fusters i enginyers,
músics i arquitectes,
marins i barbers.

149.

Dues senyoretes
que vénen de França:
una que balla,
s'altra que dansa.

150.

La meva mare quequeja,
el meu pare és cantador,
vesteixo blanc de per fora
i tinc sang groga en el cor.

151.

Una cosa llarga com un pi
que ens dóna llum a la nit.

152.

Blanca sóc de naixement,
vaig vestida amb llacets verds,
quan em tallen a trossets,
faig plorar tota la gent.

153.

Gall, galleret,
canta dalt de la paret;
tant si plou com si neva
mai no es lleva.

154.

Quin és l'animal tibat
que porta una serra al cap?

155.

Collita més grossa
de res més no es fa.

158.

No he estat mai a Menorca
i en canvi sóc de Maó;
tinc el cos dur com la pedra
i vaig néixer enmig del foc.

156.

Corr rabent per tot Ciutat
i no som vist de ningú,
i per complaure't a tu
a cremar m'han condemnat.

159.

Va i ve
i no es mou
d'on és.

157.

Em diuen ulls de la casa,
davant meu: plantes i flors;
a l'hivern quedo tancada,
no m'obren fins la tardor.

160.

Ve de l'hort i és planta bona,
i sa fulla ens fa profit;
si el seu nom dius a persona,
no estarà gaire agraït.

161.

Pujo i baixo cada dia,
sempre faig igual camí,
portant noves de mil menes,
sens cap interès per mi.
Hi ha noia que amb goig m'espera
per saber del seu amat;
si no m'encertes encara
no sé què dir-te, noi gran.

162.

Petit com una dent
i fa córrer tota la gent.

163.

Tinc mà sense ser persona,
sense ser cantant tinc to,
sóc fet de molt bona pasta,
que vol dir que sóc molt bo.

164.

Quina és la cosa
que quan és petita
té les orelles petites
i quan és gran
les té com un gegant?

165.

M'agrada mirar al carrer
i escopir-hi, si estic plena,
i jeure sempre d'esquena
o de panxa és mon quefer.

166.

No sóc mascle ni femella,
i per fer-me treballar
m'agafen per les orelles.

167.

Des de dalt sembla una creu;
pel costat, unes ulleres;
serveix per anar corrents...,
si no et trenques les costelles.

168.

Que sóc tort em diuen,
tot i sent rodó,
a dintre el meu ventre
hi porto un tresor
que a tothom agrada
perquè és dolçor.

169.

Cent donzelles en un camp
totes vestides de blanc.

170.

Un arbret
petit, baixet,
capçat de blanc,
vestit de verd.

171.

Saps, jo sóc aquella eineta
que menjo per la panxeta
i m'ho trec per l'esqueneta.
Endevina'm, doncs, Quimeta.

172.

Plana com la mà,
blanca com la neu,
parla sense boca
i camina sense peus.

173.

Des del cel Nostre Senyor
crià una planta a la terra,
que n'és peluda per dins
i per fora té costelles.

174.

Sóc capgròs amb moltes dents,
i a la cuina condiment;
faig una pudor que espanta
i calor com una manta.

175.

Sóc un monstre especial:
només tinc dents i orella,
mai no tinc ni un sol queixal.

176.

Neix ben verd i mor ben roig
i és més buit que el cap d'un boig.

177.

Sóc tota jo morenor,
rival de les confitures,
i em veuràs moltes vegades
pel nas de les criatures.

178.

Quin bolet més colossal!
Sembla antediluvià!
Viu a la capital;
al bosc no se'l pot trobar.

179.

Un llençol apedaçat
que punta d'agulla
no hi ha tocat.

180.

Em fan néixer dins la mà,
i, a més, molt aviat,
de seguida que sóc nat,
ja proven si sé nedar.

181.

La llum és la meva mare
i sóc fill de la foscor;
un francès va ser mon pare
i ma pàtria és tot el món.

182.

Arbre hi ha sense fulla i sense flor;
però el fruit que fa és molt bo.
Endevina, què és això?

183.

Per diumenge et convido,
et dic el que menjaràs
i no ho endevinaràs.

184.

Me'n vaig a la plaça,
me'n compro un pam,
me'n menjo un pam
i en llenço un pam.

185.

No só home aristocràtic,
ni noble, ni cavaller,
malgrat això puc romandre
cobert al davant del rei.

186.

Dolça, groguenca i verdosa,
a tothom faig bon profit.
Vols saber què sóc? Espera,
que em sembla que ja t'ho he dit.

187.

Quin és l'ofici que sempre
cansa una lletra?

188.

Fortalesa de soldats
que no tenen cap ni peus,
però tots ben col·locats
i tots vestits de vermell.

189.

En alt lloc estic,
i sempre esperant
el qui sol·liciti
de la meva carn.

190.

Fruita negra,
fruita blanca;
si una és dolça,
també l'altra.
I sol ser-ne
més preuada
aquella que porta
quelcom d'una dama.

191.

Tenir tot el que no és seu.
És enginyós, llest, molt hàbil,
s'amaga si algú el veu.

192.

Entre parets blanques
tinc cor sense tenir fetge,
tinc pell, però no tinc carn,
de vella tothom m'estima,
de jove no em fan cap cas.

193.

Qui és l'home a qui
totes les medecines fan viure?

194.

Rodó, rodonet,
de fora verdet,
de dintre molt dolç
i ple de pinyols.

195.

Un home més o menys savi,
que a casa a vegades ve,
i per dir-nos quatre coses
s'ho fa pagar molt rebé.

196.

Que estic pres i sec em diuen,
mes no ho cregueu pas, això,
puix en el camp estic lliure
i sóc gras de bo de bo.

197.

Qui és qui menja a mercè
de les dents dels altres?

198.

Una cosa verda, verda,
que dins del verd és vermell,
dins del vermell és negre
i dins del negre és blanc.

199.

Tinc el cos de fusta
i de ferro el cap,
i la meva feina
s'enclou a picar.

200.

Faig de savi, de talòs,
faig de viudo i de promès,
faig de ric i de pagès.
Ploro i canto com si res.
Faig de tot i no sóc res.

201.

No sóc escarabat ni grill,
quasi sempre tinc deu fills.
Cosa estranya! Tots són grills.

202.

Quin és l'ofici que s'entreté
a matar lletres?

203.

Ets homos fan de botxins
i ses dones fan de lladres;
no són casats i ho pareixen,
i n'hi ha dins totes ses cases.

204.

Qui són els treballadors més
[il·lustrats?

205.

Endarrere i endavant
i la pols en va rajant.

206.

Com més ciència i lletres prenc,
més acomodat estic,
i jo les trec de ca meua
solament per fer-me ric.

207.

Quan tothom dorm
jo estic despert.
Els que jo vetllo
són a milers,
molts no em veuen,
ves si és causal,
fins les vigílies de Nadal.

208

Endevina, endevinalla,
quin ocell pon a la palla?

209.

Tot el dia faig ganyotes
posat a sol i serena,
i la punta del meu nas
tota la gent governa.

210.

–Sóc fort, honrat i tossut...
i no pas molt saberut.

Josep Carner

211.

En què s'assemblen un gall
i una muntanya?

212.

Sóc un pare de família
amb un reguitzell de fills.
Mes orelles són ben llargues
i mon cor dels més senzills.

Josep Carner

213.

Neixo al bosc i a la masia,
puc dir que vell no em faig gaire,
amb el meu cos mercadegen,
i la pell va a cal drapaire.

214.

Entro per les cases
sense cap permís;
si el balcó obert trobo
també em poso al llit.
El malalt em cerca,
no surto de nit.
Rumia una estona
que ja massa he dit.

215.

Petita com una rata
i com un lleó
guarda la casa.

216.

Unes de panxa,
d'altres d'esquena,
aguantant sempre
sol i serena.

217.

Una senyora és a la porta
amb una rosa que porta;
no és rosa ni és ram,
no ho endevines d'un any.

218.

Sóc molsuda, forta i muda,
defenso fred i calor
i, sense tenir orelles,
escolto secrets molt forts.

219.

Vaig vestit sempre a tota hora
amb un ric abric de pell,
rossa o negra, grisa o blanca;
visc al corral i al castell.
Porto cua i duc bigoti,
i perquè m'endevineu
us diré que al qui m'escolta,
li dic jo que tot és meu.

220.

Lo senyoret s'està al terrat
amb lo cul arromangat.

221.

No és republicà,
porta barretina,
i el veureu content
quan es fa de dia.

222.

No som rei, i duc corona;
mai a cavall no he colcat,
però en sa nit i de dia
puc gastar sa fantasia
de dur ets esperons posats.

223.

Què és allò que tot el camí diu:
–Set, set, set,
i quan és a la font no beu?

224.

Canya i no és de canyar,
ona, i no és de la mar;
cerra, i no és de rossí;
endevina-la, fadrí.

225.

Tinc una finestreta,
també una porteta;
damunt la teulada,
també un fumeral.

226.

Pelut es posa
damunt blanc pelat;
pelut no es lleva
que pelat, pelut
no sia tornat.

227.

Sóc balcó, escala i terrat,
sóc pedra, fusta i ferro,
crec, lector, que si no m'erro
ja m'hauràs endevinat.

228.

Què fa el bou quan s'està al sol?

229.

Quatre tupa-tups,
dos reguerrecs,
un ventamosques
i dos mirallets.

230.

Dos torretes altes
i dos miradors,
un espolsamosques
i un geni furiós.

231.

Dos reguerrecs punxents
i dues pedres fosques;
quatre triptraps valents
i un ventador de mosques.

Miquel Desclot

232.

Una cosa que no té
carn ni greix
i piula quan neix.

233.

Et done llet i llana
i, per parlar, dic be.
Si no saps el meu nom
jo mai no te'l diré.

234.

Groc, groguet
és al cim d'una paret
i fa cantar un ocellet.

235.

Del meu vestit es vesteixen,
també sóc bo per menjar,
i xics i grans em passegen
per la muntanya i el pla.

236.

Darrere una estepera
menja malva
verda i seca.

237.

No mossega ni lladra,
però no deixa entrar la gent
a casa.

238.

Una bèstia grossa sóc,
que serveixo pel treball,
i, com la festa major,
jo no deixo mai el ball.

239.

Pel que porta molta pressa
m'obro i tanco i dono pas.
Com ja t'he dit qui puc ésser,
crec que m'endevinaràs.

240.

Verd em vaig criar,
ros em van tallar;
després em van moldre
i tu em vas menjar.

241.

Sé dos bessonetes
que van a cavall,
mirant cap on deixen,
no mai allà on van.
Si van a muntanya
sempre han de mirar
cap a la llur casa
que abans han deixat.
Quan tornen al vespre
a la seva llar,
miren l'encontrada
on han pasturat.

242.

És un pont de coloraines
fet per sobre la muntanya.
Cotxes ni carril no hi passen.
L'ha pintat un pintor sol
combinat amb gotes d'aigua.

243.

Em faig i em fan.
Si em faig em mengen
i si em fan em porten.

244.

Encara que jo tinc cor
no sóc persona ni bèstia,
i fent fred o fent calor
sempre m'estic a la fresca.

245.

A mi les bèsties em llencen,
i em recullen les persones,
i, finalment, per a les plantes
sóc una cosa molt bona.

246.

Sent bèstia, dic contínuament
que no crec res del que dius.
Volo, nedo i sóc dues lletres.
M'endevines, miranius?

247.

Una cosa com una soga,
que té les dents com una lloba.

248.

Tinc els ulls de gos
i de gos orelles,
les potes de gos
i de gos l'esquena.
Camino com ells,
com ells fujo sempre
quan veig els del llaç
que cap a mi vénen.
I, malgrat tot,
t'haig de dir
que gos no sóc.

250.

Què és això que té pèl com
[un bou
i no és cap bou?

251.

Estiu i hivern
s'està al terrat,
fred ni calor
no ha sentit mai.

249.

Sóc de ferro i amb forats.
Tinc adornat mon voltant.
Sóc plebeia puix per terra
tot el dia estic anant.
I encar que ma vàlua és poca,
m'imiten bo i fent-me d'or.
I aquell que un dia a mi em troba
em guarda puix que duc sort.

252.

Som cegues de naixement.
Tenim ulls i no hi veiem.

253.

Per més que no sóc balcó,
amb ell he estat criada,
i em passo el dia mirant
la gent que pel carrer passa.

254.

El pare encara no és nat,
que el fill salta pel terrat.

257.

Què és que enganxa
més que un ganxo?

255.

Pegue voltes i més voltes
i no m'arribe a cansar,
però, si no ve aigua,
he de descansar.

258.

Tinc quelcom de moro,
però sóc cristiana.
M'estima i venera
la gent catalana.

256.

Tinc fons i no sóc mar,
nanses sense ser cap olla,
rodó sense ser cubell,
forats sense ser garbell.

259.

Quan va al camp
mira a casa.
Quan va a casa
mira al camp.

260.

Què és una cosa
que l'aguanten deu
i encara pixa tort?

261.

Sense ésser nen vaig a braç;
quan jo canto omplo d'espant,
i parlo amb llengües de foc
sense ésser l'Esperit Sant.

262.

Un corral de vaques,
pixa una i pixen totes.

263.

Un home molt alt i gros
que no té carn ni os.

264.

Teleret, maleret,
no té cames i es té dret.

265.

Lladra sempre a la muntanya
i calla a casa.

266.

Hi va tot rient
i en torna tot plorant.

267.

Sempre vaig amb ma germana
i amb delit fem nostra ruta,
amb les cames al davant
i els ulls darrere la cua.

268.

Roda per amunt,
roda per avall,
grinyolant sempre
amb molt afany.

269.

Què és això?
Rodó com un garbell
i llarg com un budell.

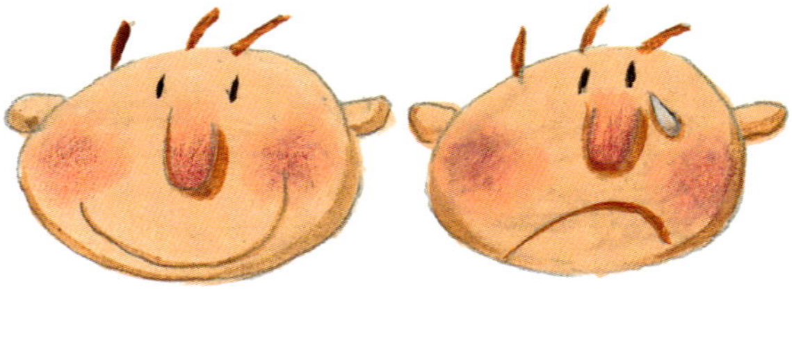

270
A casa de l'avi Poc,
com més són,
mengen més Pocs.

271.

Sempre sóc l'hoste d'honor
de la taula catalana.
Qui vulgui parlar amb mi
ha de mirar cap enlaire.

272.

Fet de vidre i de metall,
porto aigua i porto vi;
i aquell que a mi em fa servir
ha de començar un badall.

273.

De color de llonganissa
i, quan l'aixequen amb la mà, xerrica.

274.

Certa persona
tan bona serà
que res no ens demana
i tot ens ho dóna.

275.

Sóc fill del vi i porto vi,
com ell, vermellet jo sóc;
però et puc assegurar
que mai no em beu el borratxo.

276.

Som germans nascuts en flor,
l'un va a missa i l'altre no.

277.

Per la ciutat no m'hi busquis;
a pagès sols em veuràs
a dintre d'aquelles cases
que són fetes molt temps ha.
Si algun dia vas a fora,
em veuràs tot de seguit
si et poses de panxa enlaire
i ben estirat al llit.

278.

Neix al bosc,
baixa a la plaça
i escura els racons de casa.

279.

Ningú és més neta que jo,
i ningú em faria un petó.

280.

Ric-roc, amb un garrot
li remenen el culot.

281.

Jo aterro les cases,
jo les reforço també,
jo sóc a totes les cuines.
Endevina tu el que és.

282.

Pi sobre pi,
damunt del pi, lli,
damunt del lli, flors,
i, al voltant, amors.

283.

Dues mares i dues filles
van a missa amb tres mantellines.

284.

Una dama alta i seca
que toca el sostre
amb la cabellera.

285.

Molt blanqueta sóc, senyora,
sempre blanqueta he estada;
no hi ha festa ni festeta
on no sigui convidada.

286.

Sóc rodona com un plat,
però tinc el coll molt llarg.

287.

Una senyora primeta
que molt pàl·lida n'està.
Només s'alegra i s'anima
quan algú la va a cremar.

288.

Un líquid de color d'or,
que no és licor;
com el licor és espès
i no en té res.
En canvi és un aliment
que en molts guisats i en la cuina
hi és molt convenient.

289.

Una vaca vacarina
que té sa mamella as front
i sa boca dalt s'espina.

290.

Està gras com un garrí
i té un ull que plora vi.

291.

Redó com la lluna
i blanc com la sal.
El fan de llet pura.
i no ho torne a contar.

292.

Què és que s'aplega
més amb el nas
que amb el cabàs?

293.

Sóc de plata, d'alumini,
de fusta i fins també d'or,
i em veureu a moltes cases,
sobretot al menjador.
Sóc una circumferència,
perquè així m'hi varen fer,
si són sis que a taula mengen,
sis germans que som també.
Endevina, endevinalla;
què serè?

294.

Neixo tan sols per morir
i no tinc ni cos ni ànima
i visc per deixar-me oir.

295.

Què és una cosa
que té sa carn dins
i es ventre fora?

296.

Sóc alt, prim i generós,
puix que a tota hora regalo;
sempre a l'església m'instal·lo
i allí em moro neguitós.
Fou molt petit el meu pare,
tinc l'ànima de cotó,
gasto fums com un senyor
i sovint em bufa un frare.

297.

Tinc tall
i no en menjo mai.

298.

Pica i no té bec,
vola i no té ales.
Xiqueta i vermella.
No saps què és encara?

299.

Tinc la panxa molt grossa
i la boca molt ampla,
tinc dues orelles
i per allà m'agafen.

300.

Una capseta blanca
que s'obre i no es tanca.

301.

Mon pare és lluminós
i pujo dret cap al cel;
a vegades el pellroja
em fa servir de correu.

302.

Una dona molt seriosa
que a la taula mai fa nosa,
un la pren, l'altre la deixa
i encara que ella no es queixa,
quan la panxa buida té
ja ningú no li diu res.

303.

Som cegues de naixement.
Tenim ulls i no hi veiem.

304.

Té cua i no la remena
i no és animal de mena.

305.

Alabat sia Déu
que crea les meravelles,
cosa que només té un peu
i més de dues-centes costelles.

306.

Corre molt i no el veus gens,
i et molesta quan el tens.

307.

Enmig de la mar estic,
entre s'arena i es dia,
i a casa d'es meu senyor
no es dina que jo no hi siga.

308.

Endevina endevinalla:
quin és el cuc
que pica a la panxa?

309.

Ous i llet,
ben remenat,
que dóna gust
en ser tastat.

310.

Crua no se'n troba,
cuita no se'n menja.

311.

Sense mullar-se molt ni poc,
neix enmig d'aigua i de llum
i brama quan li fan llum.

312.

Garró de cavaller
la mirada freda,
cos lluent d'acer,
m'alço de puntetes
per fer més guerrer.

Jordi Pere Cerdà

313.

És una cosa potent
que, sense cames ni ales,
corre i vola travessant
abismes, rius, mars i muntanyes.

314.

–Passa tu, que llana tens.
–Passa tu, que també en tens.
–Passa tu, que llana portes.
–Passa tu, que també en portes.

315.

Quina cosa fa tot l'any
tota persona que viu,
que es deixa veure a l'hivern
i no es pot veure a l'estiu?

316.

Sóc rodó i no em fan rodar,
la mestressa em vol ben pla.
Serveixo per estalviar…
i més clar no puc parlar.

317.

Les caputxes de Na Lionor
tapen les muntanyes, però els rius no.

318.

Tinc els ulls dintre la boca.
No menjo i bec a desdir,
tot quant a ma boca fiquen
pel nas em torna a sortir.
Estic sempre a la taverna
si a cercar-m'hi tens afany.
Molts em diuen que tinc llei
però ma llei és un engany.

319.

Del meu vestit es vesteixen,
també sóc bo per menjar,
i xics i grans em passegen
per la muntanya i el pla.

320.

Sóc etern, mai em faig vell.
L'home de talent em cerca.
Faig honor a la cassola
i faig honor a Minerva.

321.

Dos punxets,
dos ullets,
quatre maces
i una escombra.

322.

Aquell que menja mongetes,
o patates o bé cols,
a mi m'agafa amb molt tino
i em fa donar uns quants volts.

323.

El sol la vida em donà,
i ell em sol acabar.
Faig a la gent admirar,
i, encara que l'aigua em formà,
a l'aire me'n torno a anar.

324.

L'un li fa,
l'altre li té,
l'altre li mira
si li va bé.

325.

Quina és aquella cosa
transparent com el cristall,
una cosa molt rodona
on tothom fica el nas?

326.

Al camp verdeja,
a casa blanqueja,
serveix d'aliment
i, com més fresc,
mes calent.

327.

Sóc una cosa impalpable,
no faig soroll de cap mena,
arreu sóc molt poc estable
i em trenca qui m'anomena.

ARRÒS
OLIVES
FIDEUS
CACAU
MEL
Aiguardent
Vi

328.

És una capseta,
xica, rodoneta,
plena de muntanyes
bones per menjar.
Si no ho endevines,
vés-ho a preguntar.

329.

Mirat per l'endret
sóc un vegetal,
mirat al revés
sóc un mineral.

330.

Una esglesieta
tota plena de genteta
i un escolà rabassut.
Endevina-ho, cap de ruc.

331.

Al matí és or,
al migdia, plata
i, al vespre, mata.

332.

Sembla or,
plata no és.
Qui no ho endevinarà
ben tonto serà.

333.

Els pares són alts,
les mares, petites.
Els fills són primets
i blancs són els néts.

334.

Ben alt estic,
més alt desig,
moros veig venir
i no puc fugir.

335.

Demà em donen un meló
i me'l menge hui.
Què menge?

336.

Una velleta
tota arrugadeta
i a baix té una cueta.

337.

Cent cavallers blancs,
cadascú una cel·la,
estan ben tancats
dins la fortalesa;
cent cavallers blancs,
amb cuirassa negra.

338.

Calentoneta t'agrado
i, per fer-me passar el fred,
a les brases em condemnes
per satisfer un gust teu.

339.

Jo sóc filla de muntanya
i vinc al món quan ve el fred,
i, en posar-me al foc, no t'estranyis
que, en cremar-me, faci un pet.

340.

Diuen que sóc aigua,
però, ben mirat,
d'aigua no en duc gota,
i és ben veritat.
Si a mi em prens a gotes
no et faré cap mal,
mes si de mi abuses
puc ser-te fatal.

341.

Sóc un xic dura de pell
i estic ben plena de grans.
Porto corona de rei
i agrado a petits i grans.

342.

Tothom diu que sóc fi,
i crec que és cert això,
puix em volen a mi
el pobre i el senyor.

343.

A veure si m'endevines
aquesta que no és puntosa.
Què és que té sa pell enmig
i ses ossos fora?

344.

Tohom em diu que sóc mona
i això que grogueta estic,
i de ma sang s'aprofita
la gent per certs requisits.

345.

Què és allò que cau quan plou?

346.

N'hi ha de negre,
n'hi ha de blanc,
la dolçura
al cor s'atura
i és molt bo,
sols que no dura.

347.

Jo he fet valent el covard
i he tirat ídols per terra.
Molts per mi van a presidi
i visc en pau quan hi ha guerra.

348.

Sóc petita i rodoneta.
Ave em diuen de nom
i Llana és el meu cognom.

349

Ell és d'or i jo sóc plata,
i quan surto a passeig
ell ve a dur-me a casa.

350.

Una preciosa,
amb un vestit endaurat,
que sempre gira la cara
d'un a l'altre costat.

351.

Per les estances del cel
es passeja una donzella,
vestida de robes blanques
i brillant com una estrella.

352.

Si bé sóc de molts colors
tothom em diu que sóc clar;
em diuen vell i a mig any
mai no he pogut arribar.

353.

Per qualsevol lloc em veuen
tant si és l'hivern com l'estiu,
de dia sempre sóc mort
i de nit és quan sóc viu.

354.

Ullets blaus, cabell daurat,
nas bufó, boca petita,
graciosa, jove, ben feta,
i amb elegància vestida.
És, la veritat, una noia, que,
com més un se la mira,
més li agrada i l'enamora,
però, ai, és una joguina!

355.

Tinc títol i no sóc noble,
tinc marges i no sóc riu,
sóc molt blanc i sóc molt negre,
amb mi es plora i amb mi es riu.

356.

M'obro i tanco, claror dono,
guardadora sóc de flors
i serveixo a molts promesos
per parlar de llurs amors.

357.

Vinc al món per treballar,
i ho faig amb tan negra pena,
que sempre em piquen l'esquena
i jo mai no em puc queixar.

358.

Una caixa parladora
que es passa el dia xerrant.
Una caixa cantadora
que es passa el dia cantant,
donant música a tota hora
i molts cops atabalant.

359.

Pintura o fotografia,
adorno mut les parets;
sense un clau jo prou cauria
aguantant tot el meu pes.

360.

A la casa que jo estic
sóc de tothom trepitjada;
a l'hivern faig bon servei
i a l'estiu estic guardada.

361.

Sóc blanc i sóc negre,
de taques vaig ple,
amb mi, molts hi juguen;
músic sóc també,
i un do tinc amb mi
que no te'l diré.

362.

Tinc cap, ull i cos,
i no tinc carn ni tinc os.

363.

Tinc el cor negre, molt negre;
sempre vaig de boca en boca;
el que menjo no ho paeixo
i sóc filla d'una soca.

364.

Sols una faixeta
és el meu vestit;
si el duc som morta,
si me'l lleven visc;
som molt falaguera,
no tenc peus ni mans
i em duen en paumes
nins i jovençans.

365.

Passo la vida fent voltes,
caminant a poc a poc,
però per més que camino
sempre sóc al mateix lloc.

366.

Petita o gran, sóc rodona,
sóc de pell i sóc de goma,
sóc de carn i sóc de roba,
i dono bon gust a l'olla.

367.

Treu el cap per un forat,
i sa família és immensa.
No té braços ni té cames,
mes té ulls, però no hi veuen.

368.

Sóc un ocell de gàbia
esclau però gentil;
i fins en l'esclavatge
se'm té per un amic.

Josep Carner

369.

Un arbre que té set branques;
cada branca té el seu niu
i cada niu té el seu nom.
Vejam si saps com es diu.

370.

De cap en porto,
de potes no,
no sóc persona,
bèstia tampoc,
de moltes coses
sóc guardador.
Em fan de fusta,
fins de cartó,
d'or i de plata,
de ferro i tot.
Si un xic rumies
sabràs qui sóc.

371.

En Pengim Penjoi penjava,
en Pelut se la mirava;
en Pengim Penjoi caigué
i en Pelut se l'endugué.

372.

Sense ser carxofa
m'arrenquen de full en full.
Qui n'arrenca dos alhora,
és segur, li falta un bull.

373.

Quatre soldats
van de patrulla:
quan l'un es vesteix
l'altre es despulla.

374.

La caseta és tan petita
que un grapat de mill no hi cap
i hi estem una brivalla
que passem de cent germans.
Caparrons de cap d'agulla,
tots sortim eixelebrats
i amb un sol que ixca de casa
ja tens sol per caminar,
bona llar per escalfar-te,
fogó per coure el dinar,
forn del pa de cada dia.
I amb una engruneta sobrant
encara en pots tenir massa
per encendre una ciutat.

375.

Sóc fill d'un vell mil·lenari
i tinc onze germans més;
si busques al calendari
m'hi veuràs estiu i hivern.

376.

Un arbre que té dotze branques;
cada branca, quatre branquillons,
cada branquilló, set brotets
i cada brotet és batejadet.

377.

De color el foc em fa,
blanc, curt, ample, llarg o estret.
Mes sent fill del foc sóc fred.
Ves si em pots endevinar.

378.

L'ajunten, el banyen,
l'embruten, l'estrenyen,
el pleguen, el cusen,
el lliguen i el venen.

379.

Perquè pugui viatjar
han de donar-li la mà.

380.

Tinc un cap molt petitet,
un sol peu que en punta acaba,
el meu cos és llarg i prim;
no m'endevines encara?

381.

A molt pocs he dat salut
i a d'altres he causat mort.
Mirau si tenc mala sort
que em solen comprar de gust.

382.

Sempre quietes,
sempre inquietes,
dormint de dia,
i de nit despertes.

383.

Una cosa
que si cau a terra
no es taca,
i es taca
si cau a l'aigua.

384.

Diuen que sóc net? Potser sí.
El que sé és que faig patir.
Sóc gran amic dels infants
i no faig gaire goig als grans.

385.

Un llençol apedaçat
que punta d'agulla
no hi ha tocat.

386.

El camp és blanc,
la llavor és negra;
cinc són els bous
que menen la rella.

387.

Sóc emblema de Senyor,
d'Amèrica sóc enviat,
i aquí en lloc d'agrair-m'ho
fins em fan morir cremat.

388.

Entre reis i cavallers
s'hi estableix una gran guerra,
i viuen contents i amics
mentre ells amb ells peleien.

390.

Rumieu i endevineu:
què és una cosa molt gran
que com més gran menys es veu?

391.

Una punta, dues puntes
i dues orelles juntes.

389.

Corre i no té peus;
no té dits i duu anells.

392.

Tinc veu i no sóc persona,
tinc fusta i no sóc fuster,
tinc veta i no sóc vetaire,
tinc corda i no sóc corder.

393.

Tinc pont i no sóc riera,
cordes sense ser terrat,
i segons qui és qui m'agafa
quan em toca em fa parlar.
Mes no sé quina taleia
alguns tenen que al toca'm
em peguen cops a la panxa
i em fan fer un soroll estrany.

394.

Puc matar amb arma blanca,
puc dar beure a qui té set,
puc dar llenya a aquell que en
[vulgui
i or al qui s'ho mereix.

395.

Una caseta
amb quatre cantons.
Una velleta
hi canta cançons.

396.

Sóc la més encisadora,
dones i homes faig juntar.
Els que tenen gust em toquen
amb les peces a la mà,
el nom de *peça* se'm dóna,
sóc la il·lusió del jovent,
i el que a mi no m'endevini
és ben segur que no hi sent.

397.

Anomena cinc dies de la setmana
sense que siguin el dilluns, el dimarts,
el dimecres, el dijous ni el divendres.

398.

Barrabàs truca a la porta
amb un ram de flors que porta;
no són fulles ni és ram,
Barrabàs se'n torna al camp.

a b c d e
f g h i j
k l m n
o p q r s
t u v w x
y z
Centelles 3
Alacant
Barcelona
Nom
100
Paraula
1.232

399.

No sóc cos, sóc invisible.
Mes, si convé, em faig sentir.
I és un gran pocavergonya
tot aquell que em falti a mi.

400.

Un i dos i tres i quatre,
la meitat de vint-i-quatre,
vint-i-quatre i vint-i-cinc,
dos i tres i quatre i vint.

401.

Quina és la població catalana
que té més de noranta-nou
lletres?

402.

Per fer ballar sardanes
jo em pinto sol en la feina,
i no hi ha cap instrument
que parli amb tanta franquesa.

403.

Estic entre nit i dia
tancada sempre en el pis,
i sóc, entremig de sis,
tota sola en companyia.

404.

Em té el ric i no em té el pobre,
formo part dels hisendats.
Amb l'orgull no hi tinc cap tracte
i vaig amb els descamisats.

405.

Tinc una ala i gens no vole,
tinc cant i no cante gens
i en el País Valencià
faig vida contínuament.

406.

Sóc be
i belar no sé.

407.

Què és el que més s'assembla
a la meitat de la lluna?

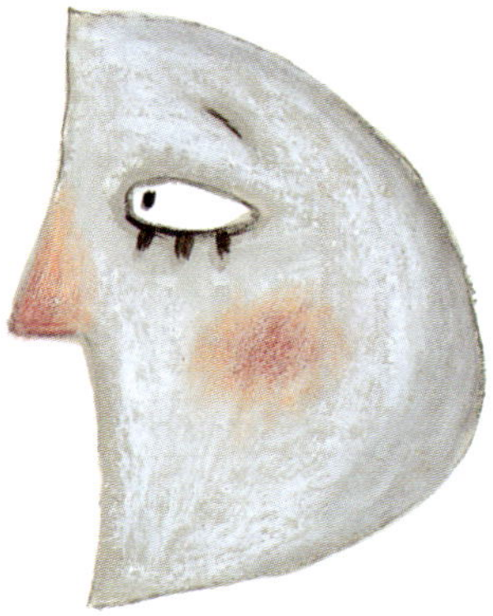

408.

Sóc a Arenys i a Barcelona,
a Grècia i a Sant Andreu;
però ni a París ni a Roma
encara que molt cerqueu
ja sé que no em trobareu.

409.

Quan obro la boca ensenyo
blanca i fina dentadura.
I quan em poso a ballar
totes les dents se'm belluguen.

410.

Sense mi no es pot filar,
no tinc cames ni tinc braç.
Mira bé l'abecedari
que allí m'hi trobaràs.

411.

Faig i desfaig sense parar,
i fent i desfent el que faig
faig el que faig.
Qui sóc encara no saps?
Mira bé l'abecedari
que allí m'hi trobaràs.

412.

A veure si ho endevines,
t'ho diré clar i català:
visc en un cap de finestra
i sempre sec en un sofà.

413.

Quatre dones van al prat,
cada dona amb quatre sacs;
cada sac amb quatre gats,
cada gat, quatre gatons;
tots junts, quantes ungles són?

414.

Santa Eulàlia molt m'estima,
però vaig amb sant Xavier.
M'agrada la xerinola,
però no el ball del carrer.

415.

Què és el que es troba
al començament del món
i enmig d'un camp?

416.

Pujo dalt de la perera
per menjar peres;
quan sóc dalt
en menjo, en cullo, en deixo,
i, quan sóc a baix,
ni he menjat peres,
ni he collit peres,
ni he deixat peres.
Com és això?

417.

Panxa per panxa,
forat per forat,
i amb sa remenadissa
fan tracatrac.

418.

Tinc molts rius, mars i muntanyes,
tinc molts pobles i ciutats,
ferrocarrils, carreteres,
i així i tot estic penjat.

419.

Enmig de la mar me trob;
no som vaixell ni estrella,
ni tampoc cap meravella,
però tu me veus, al·lot.

420.

A darrere santa Eulàlia
si em cerques bé em trobaràs,
al capdavall de la Rambla
i just enmig del Call.
Pel mig del Born no m'hi cerquis,
ni damunt del moll tampoc.
Si amb el dit no m'endevines
ja serà que ets albercoc.

421.

Un líquid que és bo per beure
i un altre per amanir
formen un instrument
que dóna goig de sentir.

422.

Cerca'm a l'estiu
si de cas em vols veure;
també prop del riu
em trobaràs sempre.

423.

Quin instrument de música,
tot fent un so que s'alegra,
té un nom que vol dir que és
ple de senyals de pena?

424.

El que tenen en Joan i en Josep
mai no ho tindrà l'Antonet.

425.

Sóc fill d'una cabra,
em pega el meu amo
i tothom tremola
sempre que jo mano.

426.

Semblo una serp
i amb la serp sóc;
si no ho saps, ets
més dur que un soc.

427.

Un forat escandalós
que viu d'un altre forat
i no deixa dormir el soldat.

428.

En tenen els galls,
també les gallines;
els capons no en tenen,
ves si ho endevines!

429.

Quan és viu no diu res,
i quan és mort
amb la carn podrida
aleshores crida.

430.

Jo acompanyo el pobre,
amb el ric mai sóc,
sóc enmig d'una capsa
i al darrere d'un xop.

431.

Té la panxa arrugada
i és un gran bufador;
sentiràs que molt gemega
si li toques un botó.

432.

Què és això?
Una cosa que tothom té,
fins les pedres del carrer.

SOLUCIONS

1. Obrir els ulls.
2. El dia i la nit.
3. Les ninetes dels ulls.
4. El sol.
5. L'estornell.
6. El barret.
7. Els talons.
8. El llit.
9. Cap, nas, ulls, front i cabells.
10. El matalàs.
11. Les ungles.
12. Els cabells.
13. L'orella.
14. La gata.
15. La nineta dels ulls.
16. La tovallola.
17. Cagar.
18. L'estàtua de Colom.
19. Els ulls.
20. Les pessigolles.
21. La planta dels peus.
22. La teulada.
23. El pensament.
24. El cul.
25. Els dits.
26. L'interruptor elèctric.
27. La vista.
28. El paraigua.
29. La pudor.
30. El nas.
31. El llibre.
32. La llengua.
33. El sabó.
34. Els llavis.
35. El penja-robes.
36. Els guants.
37. El pet.
38. La camisa.
39. Les dents.
40. La sabata.
41. La cadira.
42. El coixí.
43. El mirall.
44. El cervell.
45. El lavabo.
46. El pantaló.
47. La butxaca.
48. Boca, dents i llengua.
49. La pinta.
50. El ventall.
51. El bastó.
52. La bossa.
53. El mocador.
54. La petaca.
55. La corbata.
56. La cremallera.
57. Els brillants.
58. L'abric de pells.
59. Els esclops.
60. La mitja.
61. Les espardenyes.
62. L'anell.
63. Les ulleres.

64. Les sabates.
65. La barretina.
66. La tela.
67. Els calcetins / els mitjons.
68. La clau.
69. El rellotge.
70. La sivella.
71. El somni.
72. El cotxe.
73. Figueres.
74. Sec, verd, tort i dret.
75. L'hipopòtam.
76. El pont.
77. L'aigua.
78. La guineu.
79. La canya de pescar.
80. El vaixell.
81. La zebra.
82. La platja.
83. L'elefant.
84. El riu.
85. La serp.
86. La carretera.
87. L'estruç.
88. El blat.
89. La puput.
90. El vent.
91. La tortuga.
92. La noguera.
93. La balena.
94. La rosella.
95. L'esquirol.
96. El tren.
97. El lleó.
98. L'arbre.
99. L'àguila.
100. El pneumàtic.
101. El lloro.
102. El llangardaix.
103. El pi.
104. El cérvol.
105. El jonc.
106. El cranc.
107. El llop.
108. El mar.
109. El pop.
110. La girafa.
111. Ombra.
112. El cavall de motor.
113. L'espiga.
114. La garota / l'eriçó.
115. Els diners.
116. El lleó.
117. El dolor.
118. La granota.
119. Les ones.
120. El cargol.
121. L'escarabat.
122. La formiga.
123. La tortuga.
124. La tortuga o el cargol.
125. La papallona.
126. El poll.
127. La serp.
128. El grill.
129. La serp.
130. El cargol.
131. El grill.
132. Les formigues.
133. El mosquit.
134. L'abella.
135. La ratapinyada.
136. La cuca de llum.
137. La mosca.
138. La puça.
139. El ratolí.
140. L'aranya.
141. La ratapinyada.
142. L'albergínia.

143. La felicitat.
144. El rave.
145. La guatlla.
146. La persiana.
147. L'ànec.
148. L'escala.
149. Les balances.
150. L'ou.
151. El fanal.
152. La ceba.
153. La campana.
154. El gall.
155. La carabassa.
156. El gas. Ciutat és Palma de Mallorca.
157. La finestra.
158. El maó.
159. La porta.
160. La bleda.
161. El carter.
162. El batall de la campana.
163. El mató.
164. La col.
165. La teula.
166. El cabàs.
167. La bicicleta.
168. El tortell.
169. Les cebes.
170. L'all tendre.
171. El ribot.
172. La carta.
173. La carxofa.
174. L'all.
175. El xerrac.
176. El pebrot.
177. La xocolata.
178. La columna d'anuncis.
179. El cel.
180. El bunyol.
181. El cinema.
182. El caramel.
183. La perdiu.
184. El raïm.
185. El xofer.
186. La pera.
187. El cansalader.
188. La magrana.
189. El carnisser.
190. La figa.
191. El lladre.
192. La poma.
193. El farmacèutic.
194. El meló.
195. El metge.
196. El préssec.
197. El dentista.
198. La síndria.
199. El martell.
200. El comediant.
201. La taronja.
202. El matalasser.
203. Els claus i les claus.
204. Els taxistes, perquè quan acaben una carrera en comencen una altra.
205. La serra.
206. El llibreter.
207. El vigilant.
208. La gallina.
209. El rellotge de sol.
210. L'ase.
211. En la cresta.
212. El conill.
213. El conill.
214. El sol.
215. La clau.
216. Les teules.
217. La gallina.
218. La paret.
219. El gat.

220. El fumeral / la xemeneia.
221. El gall.
222. El gall.
223. L'esquella.
224. El blat.
225. La casa.
226. La lloca.
227. La barana.
228. Ombra.
229. El bou.
230. El bou.
231. El bou o el toro.
232. El pollet.
233. L'ovella.
234. El blat de moro.
235. El be.
236. La cabra.
237. El forrellat.
238. El cavall.
239. La porta.
240. Blat, gra, farina, pa.
241. Les banyes de la cabra.
242. L'arc de Sant Martí.
243. El bolet.
244. La cortina.
245. Els fems.
246. L'oca.
247. L'esbarzer.
248. La gossa.
249. La ferradura.
250. La vaca.
251. El parallamps.
252. Les patates.
253. La balconada.
254. El fum.
255. El molí.
256. El cove.
257. Dos ganxos.
258. La falç.
259. El càvec.
260. El sedàs.
261. L'escopeta.
262. La regadora.
263. El paller.
264. El càntir.
265. La destral.
266. La galleda del pou.
267. Les tisores.
268. La corriola.
269. El pou.
270. L'avi es diu Poc i, per tant, com més familiars eren, més Pocs s'asseien a taula.
271. El porró.
272. El porró.
273. El porró.
274. La mare.
275. El vinagre.
276. El vi i el vinagre.
277. Les bigues.
278. L'escombra.
279. L'escombra.
280. El morter.
281. El morter.
282. La taula.
283. Àvia, filla i néta.
284. L'esteranyinador.
285. La sal.
286. La paella.
287. L'espelma.
288. L'oli.
289. La bóta de vi.
290. La bóta.
291. El formatge.
292. L'olor.

293. L'argolla del tovalló.
294. L'eco.
295. La sobrassada.
296. El ciri.
297. El ganivet.
298. L'espurna.
299. L'olla.
300. L'ou.
301. El fum.
302. L'ampolla.
303. Les patates.
304. La cullera.
305. El bolet.
306. El fred.
307. La sal.
308. La gana.
309. La crema.
310. La cendra.
311. El tro.
312. El falcó.
313. La veu.
314. El ramat.
315. La respiració.
316. Els estalvis.
317. La neu.
318. L'embut.
319. El be.
320. El llorer.
321. El bou.
322. El setrill.
323. La boira.
324. L'allioli.
325. El got.
326. El pa.
327. El silenci.
328. La nou.
329. L'arròs.
330. La pinya.
331. L'oliva.
332. El plàtan.
333. Els pinyons.
334. L'aglà.
335. La mel.
336. La pansa.
337. Pinyons i pinya.
338. La castanya.
339. La castanya.
340. L'aiguardent.
341. La magrana.
342. El fideu.
343. L'ametlla.
344. La llimona.
345. El cacau.
346. El raïm.
347. El vi.
348. L'avellana.
349. El sol i la lluna.
350. La lluna.
351. La lluna.
352. El clavell.
353. El llum.
354. La nina.
355. El diari.
356. La finestra.
357. El didal.
358. La ràdio.
359. El quadre.
360. L'estora.
361. El dòmino.
362. L'agulla.
363. La pipa.
364. La baldufa.
365. El rellotge.
366. La pilota.
367. El botó.
368. El canari.
369. La setmana.
370. La capsa.
371. La llonganissa i el gat.
372. El calendari.
373. Les agulles de fer mitja.

374. La capsa de mistos.
375. El mes.
376. L'any.
377. El vidre.
378. El llibre.
379. La maleta.
380. L'agulla de cap.
381. El tabac.
382. Les estrelles.
383. El paper.
384. El patinet.
385. El cel.
386. Escriure, paper, dits i llapis.
387. El cigar de l'Havana.
388. Els escacs.
389. La cortina.
390. La fosca.
391. Les tisores.
392. La guitarra.
393. La guitarra.
394. El joc de cartes.
395. La gàbia.
396. La música.
397. Abans d'ahir, ahir, avui, demà, demà passat.
398. El vent.
399. La paraula.
400. Fan cent.
401. Centelles.
402. El clarinet.
403. La I.
404. La I.
405. Alacant.
406. La B.
407. L'altra meitat.
408. La E.
409. El piano.
410. La F.
411. La F.
412. La F.
413. Mil dues-centes trenta-dues ungles.
414. La X.
415. La M.
416. A la perera hi havia 3 peres.
417. Les castanyoles.
418. El mapa.
419. La A.
420. La A.
421. El violí.
422. La U.
423. El sac de gemecs.
424. La J.
425. El timbal.
426. La S.
427. La trompeta.
428. La Ll.
429. El corn.
430. La P.
431. L'acordió.
432. El nom.

SOLUCIONS PER ORDRE ALFABÈTIC